Franz Grillparzer

Erinnerungen an Beethoven

Grillparzer, Franz

Erinnerungen an Beethoven

ISBN: 978-3-86267-309-4

Auflage: 1
Erscheinungsjahr: 2011
Erscheinungsort: Bremen, Deutschland

Europäischer Literaturverlag GmbH, Fahrenheitstr. 1, 28359 Bremen (www.elv-verlag.de).

Cover: Foto "Beethoven I" von lharkness (flickr); Creative Commons Lizenz

Erinnerungen an Beethoven

www.elv-verlag.de

(1844-1845)

Ich lese einen Aufsatz von Herrn L. Rellstab: »Beethoven« überschrieben,[1] und finde darin meines Verhältnisses zudem genannten großen Meister, namentlich aber des Operntextes, den ich für ihn geschrieben, in einer Art erwähnt, die nicht ganz richtig ist. Diese Anschuldigung gilt nicht Herrn Rellstab, der ohne Zweifel alles, was ihm Beethoven sagte, bis auf die Worte getreu niederschrieb. Die Ursache dürfte vielmehr in dem traurigen Zustande des Meisters während seiner letzten Jahre liegen, der ihn wirklich Geschehenes

---

[1] Der Aufsatz, der vermutlich zuerst in einer musikalischen Zeitschrift erschienen ist, steht sowohl in Rellstabs gesammelten Schriften (5. Auflage, 24. Band, S, 62) als auch in dessen Selbstbiografie (Aus meinem Leben, Berlin 1861, II, S. 224).

und bloß Gedachtes nicht immer deutlich unterscheiden ließ. Was einen großen Mann betrifft, ist immer interessant, ich will daher unser Zusammentreffen und was daraus erfolgte, nach Möglichkeit treu erzählen. Oder vielmehr es macht mir Vergnügen, meine Erinnerungen an ihn bei dieser Gelegenheit wieder vor die Seele zu führen und sie hier aufzuzeichnen.

Das erste Mal, dass ich Beethoven sah, war in meinen Knabenjahren – es mochte in den Jahren 1804 oder 1805 gewesen sein – und zwar bei einer musikalischen Abendunterhaltung im Hause meines Onkels, Joseph Sonnleithner, damaligen Gesellschafters einer Kunst- und Musikalienhandlung in Wien. Außer Beethoven befanden sich noch Cherubini und Abbé Vogler unter den Anwesenden. Er war damals noch mager, schwarz, und zwar, gegen seine spätere Gewohnheit, höchst elegant gekleidet und trug Brillen, was ich mir darum so gut merkte, weil er in späterer Zeit sich dieser Hilfsmittel eines kurzen Gesichtes nicht mehr bediente. Ob er selbst, oder ob Cherubini bei dieser Musik spielte, weiß ich mich nicht mehr zu erinnern, nur dass, als der Bediente bereits das Souper ankündigte, sich Abbé Vogler noch ans Klavier setzte und über ein afrikanisches Thema, das er selbst aus dem Mutterlande herübergeholt, endlose Variationen zu spielen anfing. Die Gesellschaft verlor sich nach und nach während seiner musikalischen Durchführungen in den Speisesaal. Es blieben nur Beethoven und Cherubini zurück. Endlich ging auch dieser, und Beethoven stand allein neben dem hart arbeitenden Manne. Zuletzt verlor auch er die Geduld, ohne dass Abt Vogler, nunmehr ganz allein gelassen, aufhörte, sein Thema in allen möglichen Formen zu liebkosen. Ich selbst war im dumpfen Staunen über das Ungeheuerliche der Sache zurückgeblieben. Was von diesem Augenblicke an weiter geschah, darüber verlässt mich, wie es bei Jugenderinnerungen zu gehen pflegt, mein Gedächtnis völlig. Neben wem Beethoven bei Tische saß, ob er sich mit Cherubini unterhielt, ob sich später Abt Vogler zu ihnen gesellte – es ist, als ob ein dunkler Vorhang sich mir über alles das hingezogen hätte.

Ein oder zwei Jahre darauf wohnte ich mit meinen Eltern während des Sommers in dem Dorfe Heiligenstadt bei Wien. Unsere Wohnung ging gegen den Garten, die Zimmer nach der Straße hatte Beethoven gemietet. Beide Abteilungen waren durch einen gemeinschaftlichen Gang verbunden, der zur Treppe führte. Meine Brüder und ich machten uns wenig aus dem wunderlichen Mann – er war unterdessen stärker geworden und ging höchst nachlässig, ja unreinlich gekleidet – wenn er brummend an uns vorüberschoss; meine Mutter aber, eine leidenschaftliche Freundin der Musik, ließ sich hinreißen, je und dann, wenn sie ihn Klavier spielen hörte, auf den gemeinschaftlichen Gang, und zwar nicht an seiner, sondern unmittelbar neben unserer Türe hinzutreten und andächtig zu lauschen. Das mochte ein paarmal geschehen sein, als plötzlich Beethovens Tür aufgeht, er selbst heraustritt, meine Mutter erblickt, zurückeilt und unmittelbar darauf, den Hut auf dem Kopfe, die Treppe hinab ins Freie stürmt. Von diesem Augenblicke an berührte er sein Klavier nicht mehr. Umsonst ließ ihn meine Mutter, da ihr alle andern Gelegenheiten abgeschnitten waren, durch seinen Bedienten versichern, dass nicht allein niemand ihn mehr belauschen werde, sondern unsere Türe nach dem Gange verschlossen bleiben und alle ihre Hausgenossen statt der gemeinschaftlichen Treppe sich nur im weiten Umwege des Ausgangs durch den Garten bedienen würden: Beethoven blieb unerweicht und ließ sein Klavier unberührt, bis uns endlich der Spätherbst in die Stadt zurückführte.

In einem der darauf folgenden Sommer besuchte ich öfters meine Großmutter, die in dem nahe gelegenen Döbling eine Landwohnung innehatte. Auch Beethoven wohnte damals in Döbling. Den Fenstern meiner Großmutter gegenüber lag das baufällige Haus eines wegen seiner Liederlichkeit berüchtigten Bauers, Flehberger hieß er. Dieser Flehberger besaß außer seinem garstigen Hause auch eine zwar sehr hübsche, aber vom Rufe eben auch nicht sehr begünstigte Tochter Liese. Beethoven schien an dem Mädchen vieles Interesse zu nehmen. Noch sehe ich ihn, wie er die Hirschengasse heraufkam, das weiße Schnupftuch, am Boden nachschleppend, in der rechten Hand, und nun an Flehbergers Hoftore stehen blieb, innerhalb dessen die leichtsinnige Schöne, auf einem Heu- oder Mistwagen stehend, unter immerwährendem Gelächter mit der Gabel rüstig herumarbeitete. Ich habe nie bemerkt, dass Beethoven sie anredete, sondern er stand schweigend und blickte hinein, bis endlich das Mädchen, dessen Geschmack mehr auf Bauernbursche gerichtet war, ihn, sei es durch ein Spottwort oder durch hartnäckiges Ignorieren in Zorn brachte, dann schnurrte er mit einer raschen Wendung plötzlich fort, unterließ aber doch nicht, das nächste Mal wieder am Hoftore stehen zu bleiben. Ja, sein Anteil ging so weit, dass, als des Mädchens Vater wegen eines Raufhandels beim Trunk in das Dorfgefängnis gesetzt wurde (Kotter genannt), Beethoven sich persönlich bei der versammelten Dorfgemeinde für dessen Freilassung verwendete, wobei er aber nach seiner Art die gestrengen Ratsherrn so stürmisch behandelte, dass wenig fehlte, und er hätte seinem gefangenen Schützling unfreiwillige Gesellschaft leisten müssen.

Später sah ich ihn höchstens auf der Straße und ein paarmal im Kaffeehause, wo er sich viel mit einem jetzt seit lange verstorbenen und vergessenen Dichter aus der Novalis-Schlegelschen Gilde, Ludwig Stoll, zu schaffen machte. Man sagte, sie projektierten zusammen eine Oper. Es bleibt unbegreiflich, wie Beethoven von diesem anhaltlosen Schwebler etwas Zweckdienliches, ja überhaupt etwas anderes als – allenfalls gut verifizierte – Fantastereien erwarten konnte.

Unterdessen hatte ich selbst den Weg der Öffentlichkeit betreten. Die Ahnfrau, Sappho, Medea, Ottokar waren erschienen, als mir plötzlich von dem damaligen Oberleiter der beiden Hoftheater,

Grafen Moritz Dietrichstein, die Kunde kam, Beethoven habe sich an ihn gewendet, ob er mich vermögen könne, für ihn, Beethoven, ein Opernbuch zu schreiben.

Diese Anfrage, gestehe ich es nur, setzte mich in nicht geringe Verlegenheit. Einmal lag mir der Gedanke, je ein Opernbuch zu schreiben, an sich schon fern genug, dann zweifelte ich, ob Beethoven, der unterdessen völlig gehörlos geworden war und dessen letzte Kompositionen, unbeschadet ihres hohen Wertes, einen Charakter von Herbigkeit angenommen hatten, der mir mit der Behandlung der Singstimmen in Widerspruch zu stehen schien; ich zweifelte, sage ich, ob Beethoven noch imstande sei, eine Oper zu komponieren. Der Gedanke aber, einem großen Manne vielleicht Gelegenheit zu einem, für jeden Fall höchst interessanten Werke zu geben, überwog alle Rücksichten, und ich willigte ein.

Unter den dramatischen Stoffen, die ich mir zu künftiger Bearbeitung aufgezeichnet hatte, befanden sich zwei, die allenfalls eine opernmäßige Behandlung zuzulassen schienen. Der eine bewegte sich in dem Gebiete der gesteigertsten Leidenschaft. Aber nebstdem, dass ich keine Sängerin wusste, die der Hauptrolle gewachsen wäre, wollte ich auch nicht Beethoven Anlass geben, den äußersten Grenzen der Musik, die ohnehin schon wie Abstürze drohend da lagen, durch einen halb diabolischen Stoff verleitet, noch näher zu treten.

Ich wählte daher die Fabel der Melusine, schied die reflektierenden Elemente nach Möglichkeit aus und suchte durch Vorherrschen der Chöre, gewaltige Finales, und indem ich den dritten Akt beinahe melodramatisch hielt, mich den Eigentümlichkeiten von Beethovens letzter Richtung möglichst anzupassen. Mit dem Kompositeur früher über den Stoff zu konferieren, unterließ ich, weil ich mir die Freiheit meiner Ansicht erhalten wollte, auch später Einzelnes geändert werden konnte und endlich ihm ja freistand, das Buch zu komponieren oder nicht. Ja, um ihm in letzterer Beziehung gar keine Gewalt anzutun, sandte ich ihm das Buch auf demselben Wege zu, auf dem die Anforderung geschehen war. Er sollte durch keine persönliche Rücksicht irgendeiner Art bestimmt oder in Verlegenheit gesetzt werden.

Ein paar Tage darauf kam Schindler, der damalige Geschäftsmann Beethovens – derselbe, der später seine Biografie geschrieben hat –, zu mir und lud mich im Namen seines Herrn und Meisters, der unwohl sei, ein, ihn zu besuchen. Ich kleidete mich an und wir gingen auf der Stelle zu Beethoven, der damals in der

Vorstadt Landstraße wohnte. Ich fand ihn, in schmutzigen Nachtkleidern auf einem zerstörten Bette liegend, ein Buch in der Hand. Zu Häupten des Bettes befand sich eine kleine Türe, die, wie ich später sah, zur Speisekammer führte und die Beethoven gewissermaßen bewachte. Denn als in der Folge eine Magd mit Butter und Eiern heraustrat, konnte er sich, mitten im eifrigen Gespräche, doch nicht enthalten, einen prüfenden Blick auf die herausgetragenen Quantitäten zu werfen, was ein trauriges Bild von den Störungen seines häuslichen Lebens gab.

Wie wir eintraten, stand Beethoven vom Lager auf, reichte mir die Hand, ergoss sich in Ausdrücke des Wohlwollens und kam sogleich auf die Oper zu sprechen. Ihr Werk lebt hier, sagte er, indem er auf die Brust zeigte, in ein paar Tagen ziehe ich aufs Land, und da will ich sogleich anfangen, es zu komponieren. Nur mit dem Jägerchor, der den Eingang macht, weiß ich nichts anzufangen. Weber hat vier Hörner gebraucht; Sie sehen, dass ich da ihrer Acht nehmen müsste: Wo soll das hinführen? Obwohl ich die Notwendigkeit dieser Schlussfolge nichts weniger als einsah, erklärte ich ihm doch, der Jägerchor könne, unbeschadet des Ganzen, geradezu wegbleiben, mit welchem Zugeständnis er sehr zufrieden schien, und weder damals noch später hat er irgend sonst eine Einwendung gegen den Text gemacht, noch eine Änderung verlangt. Ja, er bestand darauf, gleich jetzt einen Kontrakt mit mir zu schließen. Die Vorteile aus der Oper sollten gleich zwischen uns geteilt werden *usw.* Ich erklärte ihm der Wahrheit gemäß, dass ich bei meinen Arbeiten nie auf ein Honorar oder dergleichen gedacht hätte (wodurch es auch kam, dass mir dieselben, die ich – Uhland ausgenommen – für das Beste halte, was Deutschland seit dem Tode seiner großen Dichter hervorgebracht, allesamt kaum so viel eingetragen, als einem Verstorbenen oder Lebendigen oder Halbtoten ein einziger Band ihrer Reisenovellen und Fantasiebilder). Am wenigsten solle zwischen uns davon die Rede sein. Er möge mit dem Buche machen, was er wolle, ich würde nie einen Kontrakt mit ihm schließen. Nach vielem Hin- und Herreden oder vielmehr Schreiben, da Beethoven Gesprochenes nicht mehr hörte, entfernte ich mich, indem ich versprach, ihn in Hetzendorf zu besuchen, wenn er einmal dort eingerichtet sein würde.

Ich hoffte, er hätte das Geschäftliche seiner Idee aufgegeben. Schon nach ein paar Tagen aber kam mein Verleger, Wallishauser, zu mir und sagte, Beethoven bestünde auf der Abschließung eines Kontraktes. Wenn ich mich nun nicht dazu entschließen könnte, sollte ich mein Eigentumsrecht auf das Buch ihm, Wallishauser, abtreten, er würde dann das weitere mit Beethoven abmachen, der davon schon präveniert sei. Ich war froh, der Sache los zu werden, ließ mir von Wallishauser eine mäßige Summe auszahlen, zedierte ihm alle Rechte der Autorschaft und dachte nicht weiter daran. Ob sie nun wirklich einen Kontrakt abgeschlossen haben, weiß ich nicht; muss es aber glauben, weil sonst Wallishauser nicht unterlassen haben würde, mir über sein aufs Spiel gesetzte Geld nach Gewohnheit den Kopf voll zu jammern. Ich erwähne alles dies nur, um zu widerlegen, was Beethoven zu Herrn Rellstab sagte: »Er habe anders gewollt, als ich«. Er war damals vielmehr so fest entschlossen, die Oper zu komponieren, dass er schon auf die Anordnung von Verhältnissen dachte, die erst nach der Vollendung eintreten konnten.

Im Laufe des Sommers besuchte ich mit Herrn Schindler Beethoven auf seine Einladung in Hetzendorf. Ich weiß nicht, sagte mir Schindler auf dem Wege, oder hatte mir jemand schon früher gesagt, Beethoven sei durch dringende bestellte Arbeiten bisher verhindert worden, an die Komposition der Oper zu gehen. Ich vermied daher, das Gespräch darauf zu bringen. Wir gingen spazieren und unterhielten uns so gut, als es halb sprechend, halb schreibend, besonders im Gehen möglich ist. Noch erinnere ich mich mit Rührung, dass Beethoven, als wir uns zu Tische setzten, ins Nebenzimmer ging und selbst fünf Flaschen herausbrachte. Eine setzte er vor Schindlers Teller, eine vor das seine, und drei stellte er in Reihe vor mich hin, wahrscheinlich um mir in seiner wildnaiven, gutmütigen Art auszudrücken, dass ich Herr sei, zu trinken, wie viel mir beliebte. Als ich, ohne

Schindler, der in Hetzendorf blieb, nach der Stadt zurückfuhr, bestand Beethoven darauf, mich zu begleiten. Er setzte sich zu mir in den offenen Wagen, statt aber nur bis an die Grenze seines Umkreises, fuhr er mit mir bis zur Stadt zurück, an deren Toren er ausstieg und nach einem herzlichen Händedruck den anderthalb Stunden langen Heimweg allein antrat. Indem er aus dem Wagen stieg, sah ich ein Papier auf der Stelle liegen, wo er gesessen hatte. Ich glaubte, er hatte es vergessen, und winkte ihm, zurückzukommen. Er aber schüttelte mit dem Kopfe, und mit lautem Lachen, wie nach einer gelungenen Hinterlist, lief er nur um so schneller in der entgegengesetzten Richtung. Ich entwickelte das Papier, und es enthielt genau den Betrag des Fuhrlohns, den ich mit meinem Kutscher bedungen hatte. So entfremdet hatte ihn seine Lebensweise allen Gewohnheiten und Gebräuchen der Welt, dass ihm gar nicht einfiel, welche Beleidigung unter allen andern Umständen in einem solchen Vorgange gelegen hatte. Ich nahm übrigens die Sache, wie sie gemeint war, und bezahlte lachend meinen Kutscher mit dem geschenkten Gelde.

Später sah ich ihn – ich weiß nicht mehr, wo – nur noch einmal wieder. Er sagte mir damals: Ihre Oper ist fertig. Ob er damit meinte: fertig im Kopfe, oder ob die unzähligen Notatenbücher, in die er einzelne Gedanken und Figuren zu künftiger Verarbeitung, nur ihm allein verständlich, aufzuzeichnen pflegte, vielleicht auch die Elemente jener Oper bruchstückweise enthielten, kann ich nicht sagen. Gewiss ist, dass nach seinem Tode sich nicht eine einzige Note vorfand, die man unzweifelhaft auf jenes gemeinschaftliche Werk hätte beziehen können. Ich blieb übrigens meinem Vorsatze getreu, ihn, auch nicht aufs

Leiseste, daran zu erinnern, und kam, da mir auch die Unterhaltung auf schriftlichem Wege lästig war, nicht mehr in seine Nähe, bis ich, in schwarzem Anzuge und eine brennende Fackel in der Hand, hinter seinem Sarge herging.

Zwei Tage vorher kam Schindler des Abends zu mir mit der Nachricht, dass Beethoven im Sterben liege und seine Freunde von mir eine Rede verlangten, die der Schauspieler Anschütz an seinem Grabe halten sollte. Ich war um so mehr erschüttert, als ich kaum etwas von der Krankheit wusste, suchte jedoch meine Gedanken zu ordnen, und des andern Morgens fing ich an, die Rede niederzuschreiben. Ich war in die zweite Hälfte gekommen, als Schindler wieder eintrat, um das Bestellte abzuholen, denn Beethoven sei eben gestorben. Da tat es einen starken Fall in meinem Innern, die Tränen stürzten mir aus den

Augen, und – wie es mir auch bei sonstigen Arbeiten ging, wenn wirkliche Rührung mich übermannte – ich habe die Rede nicht in der Prägnanz vollenden können, in der sie begonnen war. Sie wurde übrigens gehalten, die Leichengäste entfernten sich in andächtiger Rührung, und Beethoven war nicht mehr unter uns!

Ich habe Beethoven eigentlich geliebt. Wenn ich von seinen Äußerungen nur wenig wieder zu erzählen weiß, so kommt es vorzüglich daher, weil mich an einem Künstler nicht das interessiert, was er spricht, sondern was er macht. Wenn Sprechen einen Maßstab für Künstlerwert abgäbe, so wäre Deutschland gegenwärtig ebenso voll von Künstlern, als es in der Tat leer ist. Ja, der eigentlichen Schöpfungskraft kommt nur jenes, bereits im Talent gegebene, gleichsam gebundene Denkvermögen zugute, das sich instinktmäßig äußert und die Quelle von Leben und individueller Wahrheit ist. Je weiter der Kreis, um so schwerer seine Erfüllung. Je größer die Masse, um so schwieriger ihre Belebung. Als Goethe noch wenig wusste, schrieb er den ersten Teil des Faust; als das ganze Reich des Wissenswürdigen ihm geläufig war, den zweiten. Von Einzelnem, was Beethoven sagte, fällt mir nachträglich nur noch ein, dass er Schillern sehr hoch hielt, dass er das Los der Dichter gegenüber den Musikern als das beglücktere pries, weil sie ein weiteres Gebiet hätten: endlich, dass Webers Euryanthe, die damals neu war und mir missfiel, ihm gleich wenig zu gefallen schien. Im Ganzen dürften es doch Webers Erfolge gewesen sein, die in ihm den Gedanken hervorriefen, selbst wieder eine Oper zu schreiben. Er hatte sich aber so sehr an einen ungebundenen Flug der Fantasie gewöhnt, dass kein Opernbuch der Welt imstande gewesen wäre, seine Ergüsse in gegebenen Schranken festzuhalten. Er suchte und suchte und fand keines, weil es für ihn keines gab. Es hätte ihn doch sonst einer der vielen Stoffe, die ihm Herr Rellstab vorschlug, besonders eh ihn noch Mängel der Ausführung zurückschrecken konnten, wenigstens in der Idee anziehen müssen.

Mein Opernbuch, als dessen Eigentümer ich mich nicht mehr betrachten konnte, kam später durch die Buchhandlung Wallishauser in die Hände Konradin Kreutzers. Wenn keiner der jetzt lebenden Musiker der Mühe wert findet, es zu komponieren, so kann ich mich darüber nur freuen. Die Musik liegt ebenso im Argen als die Poesie, und zwar aus dem nämlichen Grunde: dem Misskennen des Gebietes der verschiedenen Künste. Die Musik strebt, um sich zu erweitern, in die Poesie hinüber, wie die Poesie ihrerseits in die Prosa. Dies weiter auseinanderzusetzen scheint nicht an der Zeit, solange Kunstphilosophen, Kunsthistoriker – ich denke hier an Gervinus und ähnliche Halbwisser, die die Unfähigkeit für ihr eigenes Fach als eine Befähigung für jedes fremde ansehen, – solange derlei sachunkundige Schwätzer den deutschen Kunstboden innehaben. Von dem gesunden Sinne der Nation ist übrigens zu erwarten, dass sie sich der Herrschaft der Worte baldmöglichst entziehen und wieder auf Sachen und Taten zurückkommen werde.

Zum Schlusse noch ein paar Reimzeilen, die ich vor Kurzem niedergeschrieben und für die ich keine bessere Stelle weiß:

Es geht ein Mann mit raschem Schritt, –
Nun freilich geht sein Schatten mit –
Er geht durch Dickicht, Feld und Korn,
Und all sein Streben ist nach vorn;
Ein Strom will hemmen seinen Mut,
Er stürzt hinein und teilt die Flut;
Am andern Ufer steigt er auf,

Setzt fort den unbezwungnen Lauf.
Nun an der Klippe angelangt,
Holt weit er aus, dass jedem bangt,
Ein Sprung – und sieh da, unverletzt
Hat er den Abgrund übersetzt. –
Was andern schwer, ist ihm ein Spiel,
Als Sieger steht er schon am Ziel;
Nur hat er keinen Weg gebahnt.
Der Mann mich an *Beethoven* mahnt.

Rede am Grabe Beethovens
(29. März 1827)

Indem wir hier am Grabe dieses Verblichenen stehen, sind wir gleichsam die Repräsentanten einer ganzen Nation, des deutschen gesamten Volkes, trauernd über den Fall der einen hochgefeierten Hälfte dessen, was uns übrig blieb von dem dahingeschwundenen Glanz heimischer Kunst, vaterländischer Geistesblüte. Noch lebt zwar – und möge er lange leben! – der Held des Sanges in deutscher Sprache und Zunge; aber der letzte Meister des tönenden Liedes, der Tonkunst holder Mund, der Erbe und Erweiterer von Händel und Bachs, von Haydn und Mozarts unsterblichem Ruhme hat ausgelebt, und wir stehen weinend an den zerrissenen Saiten des verklungenen Spiels.

Des verklungenen Spiels! Lasst mich ihn so nennen! Denn ein Künstler war er, und was er war, war er nur durch die Kunst. Des Lebens Stacheln hatten tief ihn verwundet, und wie der Schiffbrüchige das Ufer umklammert, so floh er in deinen Arm, o du des Guten und Wahren gleich herrliche Schwester, des Leides Trösterin, von oben stammende Kunst. Fest hielt er an dir, und selbst als die Pforte geschlossen war, durch die du eingetreten bei ihm und sprachst zu ihm, als er blind geworden war für deine Züge durch sein taubes Ohr, trug er noch immer dein Bild im Herzen, und als er starb, lag's noch auf seiner Brust.

Ein Künstler war er, und wer steht auf neben ihm?

Wie der Behemot die Meere durchstürmt, so durchflog er die Grenzen seiner Kunst. Vom Girren der Taube bis zum Rollen des Donners, von der spitzfindigsten Verwebung eigensinniger Kunstmittel bis zu dem furchtbaren Punkt, wo das Gebildete übergeht in die regellose Willkür streitender Naturgewalten, alles hatte er durchmessen, alles erfasst. Der nach ihm kommt, wird nicht fortsetzen, er wird anfangen müssen, denn sein Vorgänger hörte nur auf, wo die Kunst aufhört.

Adelaide und Leonore! Feier der Helden von Vittoria und des Messopfers demütiges Lied! – Kinder ihr der drei- und viel geteilten Stimmen brausende Symphonie: »Freude, schöner Götterfunken«, du Schwanengesang! Muse des Lieds und des Saitenspiels: Stellt euch rings um sein Grab und bestreut's mit Lorbeeren!

Ein Künstler war er, aber auch ein Mensch, Mensch in jedem, im höchsten Sinn. Weil er von der Welt sich abschloss, nannten sie ihn feindselig, und weil er der Empfindung aus dem Wege ging, gefühllos. Ach, wer sich hart weiß, der flieht nicht! Die feinsten Spitzen sind es, die am leichtesten sich abstumpfen und biegen oder brechen. Das *Übermaß* der Empfindung weicht der Empfindung aus! Er floh die Welt, weil er in dem ganzen Bereich seines liebenden Gemüts keine Waffe fand, sich ihr zu widersetzen. Er entzog sich den Menschen, nachdem er ihnen alles gegeben und nichts dafür empfangen hatte. Er blieb einsam, weil er kein zweites Ich fand. Aber bis an sein Grab bewahrte er ein menschliches Herz allen Menschen, ein väterliches den Seinen, Gut und Blut der ganzen Welt.

So war er, so starb er, so wird er leben für alle Zeiten.

Ihr aber, die ihr unserem Geleite gefolgt bis hierher, gebietet eurem Schmerz! Nicht verloren habt ihr ihn, ihr habt ihn gewonnen. Kein Lebendiger tritt in die Hallen der Unsterblichkeit ein. Der Leib muss fallen, dann erst öffnen sich ihre Pforten. Den ihr betrauert, er steht von nun an unter den Großen aller Zeiten, unantastbar für immer. Drum kehrt nach Hause, betrübt, aber gefasst! Und wenn euch je im Leben, wie der kommende Sturm, die Gewalt seiner Schöpfungen übermannt, wenn euer Entzücken dahinströmt in der Mitte eines jetzt noch ungeborenen Geschlechts, so erinnert euch dieser Stunde und denkt: wir waren dabei, als sie ihn begruben, und als er starb, haben wir geweint.

In der Wiener Zeitschrift, 19. Juni 1827, Nr. 73, S. 600 findet sich folgende Anzeige:
Ich finde mich zu der Erklärung veranlasst, dass die Einrückung der von mir verfassten, am Grabe Beethovens gesprochenen Gelegenheitsworte in ein Berliner Journal, und aus diesem in die Wiener Theater-Zeitung ohne mein Vorwissen geschehen, sei.
Wien, am 12. Juni 1827
Grillparzer

Rede am Grabe Beethovens bei der Enthüllung des Denksteines
(Herbst 1827)

Sechs Monden sind's, da standen wir hier an demselben Orte; klagend, weinend: denn wir begruben einen Freund. Nun wir wieder versammelt sind, lasst uns gefasst sein und mutig: denn wir feiern einen Sieger. Hinabgetragen hat ihn der Strom des Vergänglichen in der Ewigkeit unbesegeltes Meer. Ausgezogen, was sterblich war, glänzt er ein Sternbild am Himmel der Nacht. Er gehört von nun an der Geschichte. Nicht von ihm sei unsere Rede, sondern von uns.

Wir haben einen Stein setzen lassen. Etwa ihm zum Denkmal? Uns zum

Wahrzeichen! Damit noch unsre Enkel wissen, wo sie hinzuknien haben, und die Hände zu falten, und die Erde zu küssen, die sein Gebein deckt. Einfach ist der Stein, wie er selbst war im Leben, nicht groß; um je größer, um so spöttischer wäre ja doch der Abstand gegen des Mannes Wert. Der Name Beethoven steht darauf, und somit der herrlichste Wappenschild, purpurner Herzogsmantel zugleich und Fürstenhut. Und somit nehmen wir auf immer Abschied von dem Menschen, der gewesen, und treten an die Erbschaft des Geistes, der ist und bleiben wird.

Selten sind sie, die Augenblicke der Begeisterung, in dieser geistesarmen Zeit. Ihr, die ihr versammelt seid an dieser Stätte, tretet näher an dies Grab. Heftet eure Blicke auf den Grund, richtet alle eure Sinne gesamt auf das, was euch wissend ist von diesem Mann, und so lasst, wie die Fröste dieser späten Jahreszeit, die Schauder der Sammlung ziehen durch euer Gebein, wie ein Fieber trägt es hin in euer Haus, wie ein wohltätiges, rettendes Fieber, und hegt's und bewahrt's. Selten sind sie, die Augenblicke der Begeisterung, in dieser geistesarmen Zeit. Heiliget euch! Der hier liegt, war ein Begeisterter. Nach einem trachtend, um eines sorgend, für eines duldend, alles hingebend für eines, so ging dieser Mann durch das Leben. – Nicht Gattin hat er gekannt, noch Kind; kaum Freude, wenig Genuss. – Ärgerte ihn ein Auge, er riss es aus und ging fort, fort, fort bis ans Ziel. Wenn noch Sinn für Ganzheit in uns ist in dieser zersplitterten Zeit, so lasst uns sammeln an seinem Grab. Darum sind ja von jeher Dichter gewesen und Helden, Sänger und Gotterleuchtete, dass an ihnen die armen zerrütteten Menschen sich aufrichten, ihres Ursprungs gedenken und ihres Ziels.

Weitere Titel im
EUROPÄISCHEN LITERATURVERLAG

www.elv-verlag.de

Franz Grillparzer
Reisetagebücher

Der Wiener Schriftsteller und Dramatiker Franz Grillparzer war einer der vielseitigsten Literaten Österreichs. Sein besonderes Interesse galt der Philosophie und der klassischen Philologie. Daneben beschäftigte er sich aber auch mit Politik, Kulturgeschichte und Völkerkunde. Er schaffte es, sich in verschiedenen literarischen Genres einen Namen zu machen und schrieb unter anderem Novellen, Theaterstücke, Gedichte und Tagebücher.

Der vorliegende Band enthält die von Grillparzer selbst verfassten Anekdoten von seinen Reisen durch Deutschland, Frankreich, England und Griechenland, die er zwischen 1826 und 1843 unternahm.

1. Aufl. 2011, 156 Seiten, Deutsch, Paperback, 29,90 €

ISBN/EAN: 9783862671069

Karl Storck
Mozart – Sein Leben und Schaffen

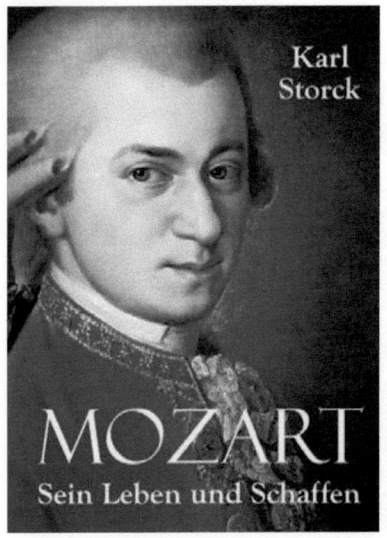

Erstmalig 1908 erschienene ausführliche Biografie zu Mozarts Leben und Werk.

"Ziel war für mein Buch: die Erkenntnis der Persönlichkeit Mozarts als der Quelle seiner Kunst. Es scheint mir unleugbar, dass die Gesamterscheinung eines Künstlers nur mit den Mitteln einer aus den geschichtlichen, kulturellen und sozialen Verhältnissen seiner Zeit in ihn eindringenden Psychologie zu erkennen ist; dass aber die Liebe zu einem Künstler vor allem in seinen lebendigen Gegenwartswerten beruht. Wir erleben bei großen Künstlern wohl immer, dass mit der Erkenntnis auch die Liebe wächst. Das ist das wunderbar Beglückende des Umgangs mit den Großen. Ich habe für meine Person dieses Glück bei Mozart erfahren und versuchte nun, andere daran teilnehmen zu lassen. So war mein stetes Bestreben, die geschichtlichen Grundlagen von Mozarts Leben und Schaffen aufzudecken, dabei aber alles Geschichtliche nur als Mittel zur Entdeckung von Gegenwartswerten zu nützen." (Karl Storck)

1. Aufl. 2011, 428 Seiten, Deutsch, Paperback, 39,90 €

ISBN/EAN: 9783862670857